DANSE MACABRE

Livres Généraux

www.livresgeneraux.com

1

DANSE MACABRE

[La danse macabre historiée et augmentée de plusieurs nouveaux personnages et beaux dits]

Illustration : L'acteur est assis entouré de livres dans un cabinet de travail, et montre de la main une banderole portée par un ange et comportant ces mots :

Hec pictura decus. pompam
. luxumque
relegat :
Inque
choris nostris ducere festa monet.

¶Lacteur

O creature raisonnable
Qui desires vie eternelle
Tu as cy doctrine notable
pour bien finer vie mortelle
La dance macabre sappelle
Que chascun a dancer aprent
A homme et femme est naturelle
Mort nespergne petit ne grant

En ce mirouer chascun peut lire
Qui li conuien
t ainsi danser
Saige est cellui qui bien si mire
Le mort le vif fait auancer
Tu vois les plus gran
s commen
cer
Car il nest nul que mort ne fiere
Cest piteuse chose y penser
Tout est forge dune matiere
Illustration : De gauche à droite : 1. le mort, le pape ; 2. le mort, l'empereur.
¶Le mort
Vous qui viuez certainement
Quoy quil tarde ainsi danseres
Mais quant dieu le scet seulemen
t
Auisez : comme nous vous feres
Dam pape. vous commenceres
Comme le plus digne seigneur
En ce point honnoure seres
Au grant maistre est deu lonneur
¶Le pape
Hee : fault il que la danse maine
Le premier : qui suis dieu en terre
Iay eu dignite souueraine
En leglise comme saint pierre
Et com
me autre mort me vien
t que
rre
Encor point mourir ne cuidasse
Mais la mort a tous maine guerre
Peu vault honneur
qui si tost passe
¶Le mort
Et vous le non pareil du monde
Prince seigneur grant em
periere
Laisser vous fault la pom
me ronde
Armes ceptre timbre baniere
Ie ne vous lairray pas derriere
Vous ne pouez plus seignourir

Ien maimne tout cest ma maniere
Les filz adam fault tous mourir.

¶Lempereur

Ie ne scay deuant qui iappelle
De la mort : qui si me demaine
Armer me fault de pic de pelle
Et dung lin
ceul ce mest gran
t peine
Sur tous ay eu gran
deur mon
daine
Et morir me fault pour
tout gaige
Quest ce de ce mortel demaine
Les grans ne lont pas dauan
taige

Illustration : De gauche à droite : 1. le mort, le cardinal ; 2. le mort, le roi.

¶Le mort

Vous faictes lesbahy se semble
Cardinal : sus legerement
Suiuons les autres tous ensemble
Rien ny vault esbahissement
Vous aues vescu haultement
Et en honneur a grant diuis
Prenez en gre lesbatement
En grant honneur
se pert laduis

¶Le cardinal

Iay bien cause de mesbahir
Quant ie me voy de si pres pris
La mort mest venue assaillir
Plus ne vestiray vert ne gris
Chapeau rouge : chape de pris
Me fault laisser a grant destresse
Ie ne lauoye pas apris
Toute ioye fine en tristesse

¶Le mort

Venez noble roy couronne
Renomme de force prouesse
Iadis fustes enuironne
De grans pompes de grant noblesse
Mais maintenant toute haultesse
Lesseres : vous nestes pas seul

Peu aures de vostre richesse
Le plus riche na qun linceul
¶Le roy
Ie nay point apris a danser
A danse note si sauuaige
Las on peult bien veoir penser
Que vault orgueil force lignage
Mort destruit tout cest son vsage
Aussi tost le grant que le mendre
Qui moins se prise plus est sage
En la fin fault deuenir cendre
Illustration : De gauche à droite : 1. le mort, le patriarche ; 2. le mort, le connétable.
¶Le mort
Patriarche pour basse chiere
Vous ne poues estre quite
Vostre double croix quauez chiere
Vng autre aura : cest equite
Ne pensez plus a dignite
Ia ne serez pape de romme
Pour rendre compte estes cite
Folle esperance decoit lomme
¶Le patriarche
Ie voy bien que mondain honneur
Ma deceu : pour dire le voir
Mes ioyes a tourne en douleur
Et que vault tan
t donneur auoir
Trop hault mon
ter nest pas scauoir
Hauls estas gasten
t gen
s sans nom
bre.
Mais peu le veulent parceuoir
A hault monter le fais encombre
¶Le mort
Cest de mon droit que ie vous
maine
A la dance gent connestable
Le plus fort : comme charlemaigne
Mort prent : cest chose veritable
Rien ny vault chiere espouentable
Ne forte armeure en cest assault
Dun cop iabas le plus estable

Rien nest darmes quan
t mort assault
¶Le connestable
Iauoye encor intention
Dassaillir chasteau : forteresse
Et mener a subiection
En acqueran
t honneur richesse
Mais ie voy que toute prouesse
Mort met abas : cest grant despit
Tout lui est vng : doulceur rudesse
Contre la mort na nul respit
Illustration : De gauche à droite : 1. le mort, l'archevêque ; 2. le mort, le chevalier.
¶Le mort
Que vous tirez la teste arriere
Archeuesque tirez vous pres
Auez vous paour quon
ne vous
fiere
Ne doubtez. vous venrez apres
Nest pas tousiours la mort empres
Tout homme le suyt coste a coste
Rendre conuient debtes prestz
Vne fois fault compter a loste
¶Larcheuesque
Las ie ne scay ou regarder
Tant suis par mort a gran
t destroit
Ou fuiray ie pour moy aider
Certes qui bien la congnoistroit
Hors de raison iamais nistroit
Plus ne gerray en chambre painte
Mourir me conuient cest le droit
Quan
t faire fault cest gran
t con
train
te
¶Le mort
Vous qui entre les grans barons
Auez eu renom cheualier
Oubliez trompettes. clarons
Et me suiuez sans sommeiller
Les dames soulies reueiller
En faisant dancer longue piece

A autre dance fault veiller
Ce que lung fait lautre depiece

¶Le cheualier

Or ay ie este auctorise
En plusieurs faitz bien fame
Des grans des petis prise
Auec ce des dames ame
Ne oncques ne fu diffame
A la court de seigneur notable
Mais a ce cop suis tout pasme
Dessoubz le ciel na rien estable

Illustration : De gauche à droite : 1. le mort, l'évêque ; 2. le mort, l'écuyer.

¶Le mort

Tantost naurez vaillant ce pic
Des biens du monde : et de nature
Euesque. de vous il est pic
Non obstant vostre prelature
Vostre fait gist en auanture
De vos subietz fault rendre com
pte
A chascun dieu fera droicture
Nest pas asseur qui
trop hault monte

¶Leuesque

Le cueur ne me peult esiouir
Des nouuelles que mort maporte
Dieu vouldra de tout compte ouyr
Cest ce que plus me desconforte
Le monde aussi peu me conforte
Qui tous a la fin desherite
Il retient tout : nul rien nemporte
Tout ce passe fors le merite

¶Le mort

Auancez vous gent escuier
Qui scauez de dancer les tours
Lance porties et escu hier
Et huy vous finerez vos iours
Il nest rien qui ne praigne cours
Dansez pensez de suiuir
Vous ne pouez auoir secours
Il nest qui mort puisse fuyr

¶Lescuier

Puis que mort me tient en ses las
Au moins que ie puisse vng mot dire
Adieu deduis : adieu soulas

Adieu dames plus ne puis rire
Pensez de lame qui desire
Repos : ne vous chaille plus tant
Du corps : qui tous les iours empire
Tous fault mourir on ne scet quan
t

Illustration : De gauche à droite : 1. le mort, l'abbé ; 2. le mort, le bailli.

¶Le mort

Abbe : venez tost vous fuyes
Nayez ia la chiere esbahie
Il conuient que la mort suiuez
Combien que moult lauez haye
Commandez a dieu labbaye
Qui gros gras vous a nourry
Tost pourrires a peu daye
Le plus gras est premier pourry

¶Labbe

De cecy neusse point enuie
Mais il conuient le pas passer
Las or nay ie pas en ma vie
Garde mon ordre sans casser
Gardez vous de trop embrasser
Vous qui viuez au demourant
Se vous voulez bien trespasser
On saduise tart en mourant

¶Le mort

Baillif qui scauez quest iustice
Et hault bas : en mainte guise
Pour gouuerner toute police
Venez tost a ceste assise
Ie vous adiourne de main mise
Pour rendre compte de vos faitz
Au grant iuge qui tout vng prise
Vng chascun portera son fais

¶Le baillif

He dieu : vecy dure iournee
De ce cop pas ne me gardoye
Or est la cause bien tournee
Entre iuges honneur auoye
Et mort fait raualler ma ioye
Qui ma adiourne sans rappel
Ie ny voy plus ne tour ne voye
Contre la mort na point dappel

Illustration : De gauche à droite : 1. le mort, l'astrologue ; 2. le mort, le bourgeois.

¶Le mort
Maistre pour vostre regarder
En hault : ne pour vostre clergie
Ne pouez la mort retarder
Cy ne vault rien astrologie
Toute la genealogie
Dadam : qui fut le premier homme
Mort prent. ce dit theologie
Tous fault mourir pour vne pom
me
¶Lastrologien
Pour science : ne pour degrez
Ne puis auoir prouision
Car maintenant tous mes regretz
Sont : mourir a confusion
Pour finable conclusion
Ie ne scay rien que plus descrire
Ie pers cy toute aduision
Qui vouldra bien mourir bien viue
¶Le mort
Bourgois : hastez vous san
s tarder
Vous nauez auoir ne richesse
Qui vous puisse de mort garder
Se des biens dont eustes largesse
Auez bien vse. cest sagesse
Dautrui vien
t tout : a autrui passe
Fol est qui damasser se blesse
On ne scet pour qui on amasse
¶Le bourgois
Grant mal me fait si tost laisser
Rentes. maisons cens nourriture
Mais paures. riches abaissier
Tu fais mort : telle est ta nature.
Sage nest pas la creature
Damer trop les bien
s qui demeuren
t
Au monde. et sont siens de droicture
Ceulx qui plus ont. plus
enuiz meuren
t

Illustration : De gauche à droite : 1. Le mort, le chanoine ; 2. le mort, le marchand.

¶Le mort
Sire chanoine prebendez
Plus naurez distribution
Ne gros : ne vous y attendez
Prenez cy consolation
Pour toute retribution
Mourir vous conuien
t san
s demeure
Ia ny aurez dilation
La mort vien
t quon ne garde leure
¶Le chanoine
Cecy guere ne me conforte
Prebende suis en main
te eglise
Or est la mort plus que moy forte
Qui tout em
maine : cest sa guise
Blanc surpelis : aumusse grise
Me fault laisser : et a mort rendre
Que vault gloire si tost bas mise
A bien mourir doit chascun ten
dre
¶Le mort
Marchant regardez par deca
Plusieurs pays auez cherchie
A pie : et a cheual de pieca
Vous nen serez plus empesche
Vecy vostre dernier marche
Il conuient que par cy passez
De tout soing serez despesche
Tel couuoite qui a assez
¶Le marchant
Iay este a mont et aual
Pour marchander ou ie pouoie
Par long temps : a pie : a cheual
Mais main
tenant pers toute ioye
De tout mon pouoir acqueroye
Or ay ie assez mort me contraint
Bon fait aler moyenne voye
Qui trop embrasse peu estraint

Illustration : De gauche à droite : 1. le mort, le chartreux ; 2. le mort, le sergent.

¶Le mort
Ales marchant sans plus rester
Ne faictes ia cy resistance
Vous ny pouez rien conquester
Vous aussi homme dastinence
Chartreux prenez en pacience
De plus viure nayez memoire
Faictes vous valoir a la danse
Sur tout homme mort a victoire
¶Le chartreux
Ie suis au monde pieca mort
Par quoy de viure ay moins enuie
Ia soit que tout homme crain
t mort.
Puis que la chair est assouuie
Plaise a dieu que lame rauie
Soit es cieulx apres mon trespas
Cest tout neant de ceste vie
Tel est huy qui demain nest pas
¶Le mort
Sergent qui portes celle mace
Il semble que vous rebellez
Pour neant faictes la grimace
Son vous greue si appellez
Vous estes de mort appellez
Qui lui rebelle il se decoit
Les plus fors sont tost rauallez
Il nest fort quaussi fort ne soit.
¶Le sergent
Moy qui suis royal officier
Comme mose la mort frapper
Ie faisoye mon office hyer
Et elle me vient huy happer
Ie ne scay quelle part eschapper
Ie suis pris deca dela
Malgre moy me laisse attrapper
Enuiz meurt qui apris ne la

Illustration : De gauche à droite : 1. Le mort, le moine; 2. le mort, l'usurier, le pauvre homme recevant l'aumône de l'usurier.

¶Le mort
Ha maistre par la passerez
Naiez ia soing de vous deffendre
Plus hommes nespouenteres
Apres moine sans plus attendre
Ou penses vous si fault enten

dre
Tantost aurez la bouche close
Homme nest fors que ven
t cen
dre
Vie dhom
me est moult peu de chose

¶Le moine

Iamasse mieulx encore estre
En cloistre faire mon seruice
Cest vng lieu deuot bel estre
Or ay ie comme fol et nice
Ou temps passe com
mis maint vice
De quoy nay fait penitance
Souffisant dieu me soit propice
Chacun nest pas ioyeux qui dance

¶Le mort

Vsuriers. de sens desrigles
Venez tost. et me regardez
Dusure estes tan
t aueugles
Que dargent gaigner tout ardez
Mais vous en serez bien lardez
Car ce dieu qui est merueilleux
Na pitie de vous tout perdez
A tout perdre est cop perilleux

¶Lusurier

Me conuient il si tost mourir
Ce mest grant peine et greuance
Et ne me pourroit secourir
Mon or mon argent ma cheuance
Ie vois mourir la mort mauance
Mais il men desplaist som
me toute
Quest ce de male acoustumance
Tel a beaux yeulx qui
ne voit goute

¶Le poure homme

Vsure est tan
t mauuais peche
Com
e chascun dit : racompte
Et cest homme qui
appro

che
Se sent de la mort : nen
tien
t conte
Mesme largent : quen
ma main com
pte :
Encor a vsure me preste
Il deura de retour au com
pte :
Nest pas qui
te qui
doit de reste

Illustration : De gauche à droite : 1. Le mort, le médecin ; 2. Le mort, l'amoureux.

¶Le mort

Medecin a tout vostre orine
Voyez vous icy quamender
Iadis sceutes de medecine
Assez pour pouoir commander
Or vous vient la mort demander
Com
me autre vous con
uien
t mourir
Vous ny pouez contremander
Bon mire est qui se scet guerir

¶Le medecin

Long tem
ps a quen
lart de phisique
Iay mis toute mon estudie
Iauoys science et pratique
Pour guerir mainte maladie
Ie ne scay que ie contredie
Plus ny vault herbe ne racine
Nautre remede quoy quon die
Contre la mort na medecine

¶Le mort

Gentil amoureux gent et frique
Qui vous cuidez de gran
t valeur
Vous estes prin
s la mort vous pique
Le monde lairez a douleur
Trop lauez ame : cest foleur

Et a mourir peu regarde.
Ia tost vous chan
geres couleur
Beaute nest que ymage farde

¶Lamoureux

Helas : or ny a il secours
Contre la mort adieu amourettes
Moult tost va ieunesse a decours
Adieu chapeaux boucques florettes
Adieu amans et pucellettes
Souuienne vous de moy souuen
t
Et vous mires se sages estes
Petite pluye abat grant vent

Illustration : De gauche à droite : 1. le mort, l'avocat ; 2. le mort, le ménestrier.

¶Le mort

Aduocat sans long proces faire
Venez vostre cause plaidier
Bien auez sceu les gens attraire
De pieca non pas duy ne dyer
Conseil si ne vous peut aider
Au grant iuge vous
fault venir
Sauoir le deuez sans cuider
Bon fait iustice preuenir

¶Laduocat

Cest bien droit que raison se face
Ne ie ny scay mettre deffence
Contre mort na respit ne grace
Nul nappelle de sa sentence
Iay eu de lautruy quant ie y pense
Dequoy ie doubte estre repris
A craindre est le iour de vengeance
Dieu rendra tout a iuste pris

¶Le mort

Menestrier qui dances et notes
Scauez : et auez beau maintien
Pour faire esiouir sos et sotes
Quen dictes vous
: alons nous bien
Monstrer vous
fault puis que
vous
tien
Aux autres cy vng tour de dance

Le contredire ny vault rien
Maistre doit monstrer sa science
¶Le menestrier
De danser ainsi neusse cure
Certes tresenuiz ie m'en mesle
Car de mort nest peine plus dure
Iay mis soubz le banc ma vielle
Plus ne corneray sauterelle
Nautre danse. mort men retient
Il me fault obeir a elle
Tel danse a qui au cueur nen tient
Illustration : De gauche à droite : 1. le mort, le curé ; 2. le mort, le laboureur.
¶Le mort
Passes cure sans plus songer
Ie sens questes abandonne
Le vif le mort solies menger
Mais vous seres aux vers donne
Vous fustes iadis ordonne
Miroer dautruy et exemplaire
De voz fais seres guerdonne
A toute paine est deu salaire
¶Le cure
Vueille ou non il fault que
me rende
Il nest hom
me que mort nassaille
De mes parroissiens offrende
Nauray iames : ne funeraille
Deuant le iuge fault que ie aille
Rendre compte las douloureux
Or ay ie grant paour que ne faille
Qui dieu quitte bien est eureux
¶Le mort
Laboureur qui en soing peine
Auez vescu tout vostre temps
Morir fault cest chose certaine
Reculler ny vault ne contemns
De mort deues estre contens
Car de gran
t soussi vous deliure
Approchez vous ie vous attens
Fol est qui cuide tousiours viure
¶Le laboureur
La mort ay souhaitte souuent
Mais voulentiers ie la fuisse

Iamasse mieulx fist pluye ou vent
Estre es vignes ou ie fouisse
Encor plus grant plaisir y prisse
Car ie pers de paour tous propos
Or nest il qui de ce pas ysse
Au monde na point de repos

Illustration : De gauche à droite : 1. le mort, le cordelier ; 2. le mort, l'enfant au berceau.

¶Le mort

Faictes voye vous auez tort
Laboureur apres cordelier
Souuent auez presche de mort
Si vous deuez moins merueiller
Ia ne sen fault esmoy bailler
Il nest si fort que mort nareste
Si fait bon a mourir veiller
A toute heure la mort est preste

¶Le cordelier

Quest ce que
de viure en ce monde
Nul homme a seurte ny demeure
Toute vanite y habunde
Puis vien
t la mort qua tous
cour
t seure
Mendicite point ne masseure
Des meffaitz fault payer lamende.
En petit dheure dieu labeure
Sage est le pecheur qui samende

¶Le mort

Petit enfant naguere ne
Au monde auras peu de plaisance
A la danse seras mene
Comme autre : car mort a puissance
Sur tous : du iour de sa naissance
Conuient chascun a mort offrir :
Fol est qui nen a congnoissance
Qui plus vit plus a a souffrir

¶Lenfant

A : a : a : ie ne scay parler
Enfant suis : iay la langue mue
Hyer nasquis huy men fault aler
Ie ne fais quentree yssue
Rien nay meffait mes de paour sue

Pren
dre en gre me fault cest le mieulx
Lordonnance dieu ne se mue
Aussi tost meurt ieune que vieux
Illustration : De gauche à droite : 1. Le mort, le clerc ; 2. le mort, l'ermite, le mort.
¶Le mort
Cuidez vous de mort eschapper
Clerc esperdu pour reculer
Il ne sen fault ia defripper
Tel cuide souuen
t hault aller
Quon voit acop tost raualler
Prenez en gre allons ensemble
Car rien ny vault le rebeller
Dieu punist tout quan
t bon
lui sem
ble
¶Le clerc
Fault il qun ieune clerc seruant
Qui en seruice prent plaisir
Pour cuider venir en auant
Meure si tost : cest desplaisir
Ie suis quitte de plus choisir
Autre estat : il fault quan
si danse
La mort ma pris a son loisir
Moult remaint de ce que fol pense
¶Le mort
Clerc : point ne fault faire refus
De danser : faicte vous valoir
Vous nestes pas seul : leues sus
Pourtan
t moin
s vous
en doit chaloir
Venez apres cest mon vouloir
Homme nourry en hermitage
Ia ne vous en conuient doloir
Vie nest pas seur heritage
¶Lermite
Pour vie dure ou solitaire
Mort ne donne de viure espace
Chascun le voit si sen fault taire
Or requi

er dieu qun don me face
Cest que tous mes peches efface
Bien suis con
tent de tous
ses biens
Desquelz iay vse de sa grace
Qui na suffisance il na riens

¶Le mort

Cest bien
dit ainsi doit on dire
Il nest qui
soit de mort deliure
qui
mal Vit il aura du pire
si pen
se chasc
un de bien
viure
dieu pesera tout a la liure
bon
y fait pen
ser soir et main
Meilleur scien
ce na en liure
Il nest qui
ait point de demain

Illustration : Le mort est couché par terre sur un linceul, une couronne posée à côté de sa tête. L'acteur assis à côté de ses livres montre de la main une banderole portée par l'ange avec le texte suivant :

Mortales domi
nu
s cunctos in luce creauit.
Vt capian
t meritis gaudia summa poli.
Felix ille qui
dem qui mentem
iugiter illuc.
Dirigit : atque
vigil noxia que
que
cauet.
Nec tame
n in
felix : sceleris

quem
pen
itet acti.
Quique
suum
facinus
plan
gere
sepe solet.
Sed viuunt hom
in
es tan
quam
mors nulla sequatur
.
Et velut in
fernus
fabu
la vana foret.
Cum
doceat sen
sus viuen
tes morte resolui.
Atque
herebi penas pagina sacra pro
bet.
Quas qui
non
metuit in
felix pro
rsus amen
s.
Viuit : extin
ctus
sen
ciet ille rogum
Sic igitur
cun
cti sapien
tes viuere certen
t.
Vt nichil in
ferni sit metuen
da palus

Vous qui en ceste pourtraicture
Veez dancer estaz diuers
Pensez que humaine nature
Ce nest fors que viande a vers
Ie le monstre : qui gis en vers
Si ay ie este roy couronnez
Telz serez vous bons peruers
Tous estas : sont a vers donnes

¶Lacteur

Rien nest domme qui
bien y pense
Cest tout vent : chose transitoire
Chascun le voit : par ceste danse
Pource vous qui veez listoire
Retenez la bien en memoire
Car homme femme elle amon
neste
Dauoir de paradis la gloire
Eureux est qui
es cieulx fait feste

Bon y fait penser soir main
Le penser en est prouffitable
Tel est huy : qui mourra demain
Car il nest rien plus veritable
Que de mourir : ne moins estable
Que vie domme. on laparcoit
A leul pour quoy nest pas fable
Fol ne croit iusques il recoit

Mais aucuns sont a qui nen chault
Comme sil ne fust paradis
Ne enfer. helas il auront chault
Les liures que firent iadis
Les sains : le monstrent en beaux dis
Acquitez vous qui cy passes
Et faictes des biens : plus
nen dis
Bien fait vault moult es trespasses

[Les trois morts et trois vifs]

¶Lermite

Ouure tes yeux creature chetiue
Vien
veoir les fais de la mort exessiue
De qui iay eu en ce lieu vision
Pensee nest si trescon
templatiue

que
dauoir en vne heure hastiue
Vng tel regard neust admiration
de trois corps mors mest lapparition
Venue yci auecque
s leurs suaires
Pareillemen
t leurs terribles viaires
deffigures leur
s corps descouuers
les trous des yeux et du nes ouuers
les os tous
secz iam
bes bras pieds main
s
Tous demen
gies partuises de vers
cest le tri
but que
mort doit aux humain
s
terrible mort sus tous
autres terribles
on te doit bien
par
tes euures horribles
dire clamer puis que
par ta morsure
et par
assaulx soudains imper
ceptibles
par
coups mortelz diuers irremissibles
Telle tu fais humaine creature
de tes euures ay veu la pour
traicture
Tan
t diuerse tan
t cruelle et hideuse
Deffiguree horrible merueilleuse
deuan
t mes yeux en ce poure hermitage
qui
mon
t trouble tellemen

t le corage
que
plus
ne peut de tel euure con
gnoistre
bien doit pen
ser a la mort qui
est sage
car en la fin il nous
con
uient telz estre

Or ne scet on si ces trois autreffois
ont este ducs baron
s contes ou roys
papes abbes cardinaulx ou chanoin
es
ne qui estoit le plus noble des trois
silz ont este bossus hom
mes ou drois
silz ont este preuosts ou capitaines
fors qui
lz on
t eu tous
trois faces humain
es
qui ont este en la terre ammurees
La ou les vers les ont deffigurees
Si quil nya plus rien
que lossement
Qui est a tous grant esbahissement
et est bien
fol a qui
poin
t nen souuien
t
Grans et petis vniuersellement
Vne fois telz estre nous conuient

De lautre part son
t venus vis a vis
sur iii cheuaux iii biaux hom
es tous
vis
mais en
voyan
t ceste chose admirable

Il a semble qui
lz ont este rauis
Trop long seroit a conter le diuis
des trois viuen
s piteux lamen
table
celui neut deux qui
ne fust doubtable
de veoir les mors non
pas sans raison
car quicon
que veoit feu en la maison
de son
voisin prochain mettre getter
de la sien
ne par cause doit doubter
don
t les viuen
s que
les mors aperceuren
t
merueille nest si de fort sespouenter
a celle heure cause raison
nable euren
t
les mors aux vis les vis au mors par
leren
t
aux viuan
s les iii mors reuelleren
t
de mort les gran
s terribles assaulx
et tellement les viuen
s espoenterent
que
a bien petit que
tous
ne trebucheren
t
a la terre de dessus leur
s cheuaulx
lung laissa chien
s lautre ses oyseaux
en requeran

t a dieu grace mercy
que requerir nous lui deuons aussi
en lui priant par sa sain
cte puissance
quil nous
donne faire vraye penitan
ce
si que au mon
de que
nous
som
mes mortelz
nous facon
s tant que
ayon
s la ioyssance
apres la mort des regnes im
mortelz

¶Le premier mort

Se nous vous aporton
s nouuelles
Qui ne soient ne bonnes ne belles
A plaisance ou a desplaisance
Prendre vous fault en pacience
Car ne peut estre autrement
Beaux amis : tout premierement
Non obstant quelque richesse
Puissan
ce hon
neur force ou ieunesse
Nous vous denoncon
s tout de voir
Qui vous conuien
t mort receuoir
Vne mort las : si douloureuse
Si amere : si angoisseuse
Que les mors qui en sont deliure
Ne vouldroient iames reuiure
Pour morir encor de tel mort
Et apres quant vous seres mort
Tout ainsi que poures truans
Vous seres hydeux et puans
Des nostres et de noz liurees
Et voz ames seront liurees
Ie nen dis plus mais cest du pire

Il me souffist asses de dire
De voz meschan
s corps la misere
Qui ne sont pas dautre matiere
Certainement ne que nous som
mes
Na guiere estions puissans hom
mes
Or sommes telz com
me voyes
Se vous voules si pouruoyes
Et bien y deuez pourueoir
Quant en nous vous pouez veoir
Comme de vous il aduiendra
Et quel loyer mort vous rendra
Car voz corps qui
sont plain
s dordure
Aller fera a porriture
Telz com
me vous
vng tem
ps nous
fumes
Telz seres vous com
me nous
sommes

¶Le second mort

Pouruoyez y se vous voules
Autrement que vous ne soules
Car certes la mort vous espie
Pour vous oster des corps la vie
Plus briefuement que ne cuides
Qui estes si oultrecuides
Que pour
vng peu de ioye vainne
Vng peu de plaisance mondaine
Qui est de si courte duree
Tost venue : plus tost alee
Voulez perdre la ioye fine
De paradis qui point ne fine
Et qui pis est damnes seres
Aultrement nen eschaperes
Mais se sera sans deliurance
Comme auez vous a tel plaisance

Dictes nous : meschans orguilleux
En ce monde si perilleux
Ou il nya que diuisions
Et diuerses tribulations
Puis guerre. puis mortalite
Tousiours nouuelle aduersite
Reuient auant que lautre faille
Vous ne scauez hom
me sans faille
Tan
t soit puissan
t : veille ou non
vueille
Qui ne seuffre. qui ne se deule
Ailleurs doncques repos queres
Car cy point ne la trouueres
Repos aures en paradis
Si croire vous voules es dis
Des sages qui conseillent faire
Ce que faire est necessaire
Pour laquerir et pour lauoir
Rien mieulx nully ne peut auoir
Faictes des bien plus que
poues
Autre chose nemporteres

Illustration : Décor champêtre. De gauche à droite : l'ermite assis dans sa hutte, et trois morts marchant vers la droite. Une banderole sort de la bouche de l'ermite avec ces mots :

Omnium terribilium mors

¶Le tiers mort
O folle gent mal aduisee
Que ie voy ainsi desguisee
De diuers habis : et de robes
Et dautres choses que tu robes
Tant puante charongne a vers
Et prens de tort de trauers
Ne il ne te chault dou te vienne
Mais que ton
estat se maintiegne
Quan
t ie reuoy tes faulx delits
De vin de viande de lis
Les gran
s exces. les gran
s oultrages

Dont ceulx qui
fon
t les labourages
Aux cham
ps. pour toy se trauaillent
Tous
nus : de fain crient baillent
Quan
t ie voy tel gouuernement
Ie doubte que soudainement
Dieu telle vengeance nen face
Que vous nayez temps ne espace
Seulement de crier mercy
Cuidez vous tousiours regner cy
Folz. meschans de male heure nez
Qui en ce point vous
demenez
Nenny nen
ny vous y mourrez
Faictes du pis que vous pourres
Lors aures pardurable vie
Bonne ou male : nen doubtez mie
Dieu est iuste il payera
Chascun selon ce quil fera
Faictes des biens nattendez pas
Que ceulx dapres vostre trespas
Pour vous
en facent quamez chier
Qui ne vous
vouldroient aprocher
En la terre vous porteront
Et tost apres vous
oublieront
Et telz cuidez vos bons amis
Qui sont vos plus grans ennemis

Illustration : Trois beaux hommes à cheval, regardant vers la gauche (sur la page de droite, en face de l'illustration montrant l'ermite et les trois morts)

¶Le premier vif

O saincte croix par ta puissance
Dont ie voy la remembrance
Garde mon corps ne consens
Que ie perde au iourdui le sens
Pour ceste gent hideuse et morte
Qui telz nouuelles nous aporte
Nouuelles dures et peruerses

Las : entre les choses diuerses
Touchant nostre fragilite
De quoy nous ont dit verite
Mon poure cueur de paour trem
ble
Quan
t trois mors ainsi von
t ensemble
Deffigures hydeux diuers
Tous pourris menges de vers
Le premier dit : bien men sonuient
Que mort endurer nous conuient
A gran
t angoisse et grant douleur
Dont il me fist muer couleur
Et des ames dist vne chose
Que declarer ne veult ne nose
Ie croy cest de leur dam
nement
En enfer pardurablement
Telz nouuelles ne sont pas bonnes
Helas nous chetiues personnes
A quoy nous fist oncque
s dieu naistre
En ce meschan
t monde pour estre
Si tost liurez a tel ordure
De ma vie nauray plus cure
Quan
t ie voy que
les gens qui viuent
Tant de maleurte ensuiuent
Que ie prise trop mieulx asses
Le poure estat des trespasses
Car tousiours sans fin durera
Ou cellui des vifs finera
Et en lestat qui tousiours dure
Chascun viure doit mettre cure

¶Le second vif

Est ce doncques a bon essiant
Que la mort nous va espiant
Et qui nous fault ainsi mourir
Nest il homme qui secourir
En puist. pour
or ne pour argent

Helas : con
uient il ieune gent
A tel horriblete venir
Oncques ne men peut souuenir
Mais ie voy bien que cest acertes
Ie voy les enseignes appertes
De mort passeron
s les destrois
Et deuenrons com
me ces trois
Cest la fin de nostre besongne
Helas helas. meschant charongne
Mes que tu faces tes plaisirs
Tes volen
tes tes faux desirs
Il ne te chault du remenant
Or veons nous
bien maintenant
Que par toy nous
som
mes deceu
Qui iusques a cy te auons creu
Et de nos ames peu te chault
Se elles ont ou froit ou chault
Fy : charongne qui rien ne vault
Tu aimes mieulx les gran
s cheuaulx
Les beaux habits si peu durables
Et telles choses corrum
pables
Pour toy meschant corps rebelle
Que tu ne fais vne ame belle
Et si sces bien que tu mourras
Et en la terre pourriras
Ou lame pardurablement
En ioye viura : ou en tourment
Pensons doncques si bien finer
Que en ioye puissons finer
Bon y fait penser quant on peut
Souuent on ne peut quant on veult

¶Le tiers vif

Certes cest bien dit mais au fort
Il nya point de desconfort
Tous nous
conuient passer ce pas

Et croy que dieu ne nous
hait pas
Mesbeaux seigneurs beaux amis
Quan
t ces troys mors nous
a tran
smis
Qui donne nous
ont congnoissance
De la mort de la meschance
Qui nous
vient finer nostre ioye
Helas iamais ie ne cudoye
Que ce temps cy nous
deust faillir
Ne que mort osast assaillir
Telz gentilz gens com
me nous
som
mes
Mais ie voy bien que
riches hom
mes
Sont telz de nulle vallue
Ne plus ne moins que gent menue
Nen parlons plus cest tout neant
Maintenant ie suis cler voyant
Que la ioye du monde est brefue
Et la fin delle point ne griefue
En enfer est horrible peine
En paradis a ioye plaine
Sur toute ioye delectable
Et lune lautre est pardurable
Or ensuiuons ie vous
emprie
Desormais la meilleur partie
Fol est qui choisist depart
Quant il eslist la pire part
Deux voies auons deuan
t nos yeulx
Nous qui viuons ieunes vieux
Vne a ioye. et repos maine
Lautre a tourment a peine
Pour ioye et repos auoir
Bien fault faire doit on scauoir

Qui mal fait ne se repent
Il aura peine tourment

Las : pour
quoy pren
s tu si gran
t plaisir
Hom
me abuse plain de presumption
en ce faulx mon
de. ou na que
desplaisir
Enuie orgueil guerre et discension
Bien maleureuse est ton affection
Que pen
se tu : as tu plus grant enuie
de viure en doubte en ceste cour
te vie
qui
les mon
dain
s a la mort den
fer maine
cest bon
e chose de viure en vie certain
e
Las tu sces bien : si tu nes insensible
Que cest chose forte. voire im
possible
De auoir sa ius ton aise entieremen
t
Et apres mort la sus pareillement
Helas : pourtant change condition
Et te rauise. ou tu es autrement
Homme deffait et a perdition
Leque
l veux tu ou mort ou vie choisir
Choisir des deux tu as discretion
Ayme tu mieulx de ton corps le desir
Pour ton ame mettre a damnation
Que viure vng peu en tribulation
Et que
apres mort ton ame soit rauie
En gloire es cieulx : qui

de nul deseruie
Estre ne peut en ceste vie humaine
Si ne lesse terre : auoir et demaine
Et pere : mere : tout sil est possible
et viure en peine. et en labeur
terrible
en seruan
t dieu tousiours paciem
ment
Cest le chemin qui
con
duit seurement
Apres trespas lom
me a saluation
et qui va autremen
t : il va a dam
nemen
t
Homme deffait et a perdition
Cuide tu cy tousiours auoir loisir
Dauoir pardon sans satisfaction
et toute nuyt en blanc lit mol gesir
Puis a ce iour sans operation
Passer le temps en delectation
tan
t que du tout la char soit assouie
Pense tu poin
t qui
l faille quon deuie
et que
pren
gne fin puissance mon
daine
helas oy : car mort vien
dra soudaine
vne heure a toy auec son
dart horible
Si tresacop com
me chose inuisible
Que pas nauras loisir aucunement
De dire a dieu : peccaui seulement
Ainsi mourras tost sans con
triction
dont tu seras par diuin iugement
Homme deffait et a perdition

Hom
me en peril saches certainemen
t
que se tu nas autre vouloir brefmen
t
De tamender : nautre deuotion
Tu te verras vng iour subitemen
t
Homme deffait et a perdition

Arte noua pre
ssos si cernis men
te libellos
Ingenium tocien
s exuperabit opus
nullus
adhuc potuit huius
con
tin
gere sum
mum
ars mod
o plura nequi
t : ars dedit omn
e suum

Vir fuit istud opus quod conditor indicat huius

Cy finist la dan
ce macabre historiee et augmentee de plusieurs nouueaux personnages et beaux dits.
Et les trois mors trois vifs ensem
ble nouuellemen
t ainsi com
posee et imprimee a paris

NOTES DU TRANSCRIPTEUR

Les abréviations ont été représentées en faisant figurer les lettres abrégées dans une typographie différente (exemple : hom
me au lieu de hõme).

On a tenté de se rapprocher le plus possible du texte de l'original imprimé en retirant les nombreuses altérations manuscrites ayant été effectuées sur le document (ponctuation, accents, cédilles, lettres ajoutées ou grattées, etc.).

Néanmoins on n'a pu déterminer avec certitude le texte initial des vers suivants :

Qui li conuien
t ainsi danser "Qui li" est hypothétique (altéré en "Quil luy") Reculler ny vault ne contemns "contemns" est hypothétique (altéré en "contemds") Qui plus vit plus a a souffrir le 's' est manuscrit dans "a souffrir" : l'original pourrait être "assouffrir" Cest

tout vent : chose transitoire le 'e' manuscrit dans "transitoire" corrige peut-être une erreur d'impression On a apporté les corrections suivantes :

"danser" au lieu de "dansre" (point apris a danser)
"tant" au lieu de "taut" (ne vous chaille plus tant)
"toute" au lieu de "route" (Sur toute ioye delectable)
Les titres des deux parties ne figurent pas dans l'original.

Sous les illustrations, l'original présente le texte en deux ou trois colonnes à la verticale des personnages concernés :

Pages : 1 2 3 4 5 6 7 8 9 10 11 12 13 14 15 16 17 18 19 20 21 22 23

Lightning Source UK Ltd.
Milton Keynes UK
UKOW03f1956020414

229314UK00001B/300/P

9 781153 751162